고독을 읽고 싶은 날

고독을
읽고 싶은
날

용혜원 제82시집

책만드는집

詩

詩 한 편 쓰는 데
얼마큼의 시간이 필요한가요
詩 한 편 쓰는 데
내가 살아온 만큼의
세월이 필요합니다

서시 · 5

1부
조각난 슬픔

거리에서 · 12

차 한 잔 · 14

비가 억수같이 쏟아져 내리는데 · 15

아침 · 16

쓸쓸한 기억 · 17

예술 · 18

잊지 못할 사람 · 20

혼자만 느끼는 고독 · 22

살아 있다는 것은 · 24

가을 들판 허수아비 · 26

마음의 벽 · 27

나이가 들어가니 · 28

바위 · 30

진심 · 32

우리 언제 만나 커피 한잔 합시다 · 36

고독을 읽고 싶은 날 1 · 38

고독을 읽고 싶은 날 2 · 40

고독을 읽고 싶은 날 3 · 42

시간 · 44

그렇게 살고 싶었습니다 · 46

삶은 외롭고 아쉬운 것이다 · 48

2부
지나온 시간의 길

비 내리는 암스테르담 · 52

벨기에 브뤼셀 오줌싸개 인형 · 54

케냐에서 한 잔의 커피 · 56

사파리 여행 · 58

푸른 하늘 아래서 · 60

노년 · 62

인생 · 64

나이가 들어갈수록 · 66

어찌할까나 · 68

서러움 · 70

용서 · 71

기죽고 살지 말자 · 72

망각 · 74

가난했던 시절 · 76

살다 보면 인생살이가 · 80

인생의 맛 · 82

지나고 나면 모든 게 잠깐이야 · 84

생각 1 · 86

생각 2 · 88

3부
새로운 풍경으로

북소리 · 92

대금 · 94

해금 · 96

장구 · 98

단소 2 · 100

태평소 · 102

거문고 · 104

심부름 · 106

불운 · 107

사나이가 · 108

소리 지르지 마! · 110

길을 안내하는 사람들 · 112

무질서 · 114

반항 · 115

내 자식이 미울 때 · 116

방황 · 118

갈등 · 120

남의 흉을 보고 싶을 때 · 124

욕심 · 126

손 · 128

4부
어둠은 떠나고

죄지은 사람 · 132

살벌한 세상 · 134

외면하는 시선 · 136

악플 · 138

막말 · 139

참혹한 시간 · 140

절망 · 142

못생겼다는 생각이 들 때 · 144

참 어리석은 사람 · 148

옷 · 150

절규 · 152

배신 · 154

월세방 · 156

폐지 줍는 노파 · 158

죽음으로 가는 길 · 160

죽음이라는 작별 · 164

홈리스 · 166

얍삽한 놈 · 168

싸움 · 170

달 · 172

그 남자 · 173

병신 · 174

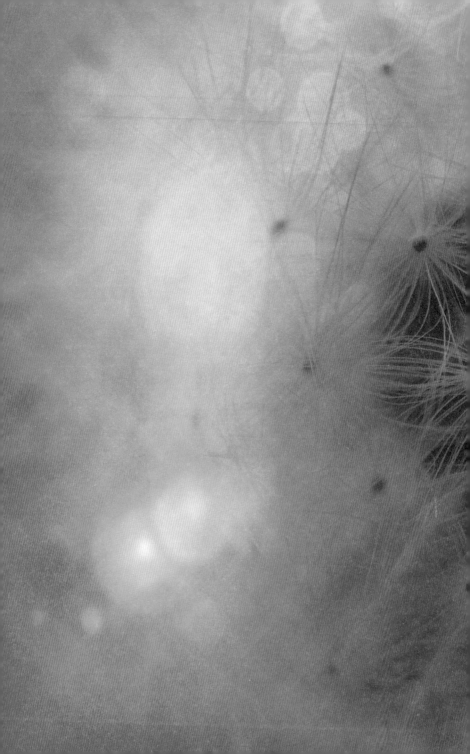

1부

—

조각난 슬픔

거리에서

어디선가 날아와
메마른 가지에 앉아 있는
새 한 마리 울고 있다

그리운 사람끼리
외로운 사람끼리
보고픈 사람끼리
만나서 사랑을 하자

내 마음속에 너의 얼굴
너의 목소리가 가득하다
너를 바라본 그만큼 더 사랑하고 싶다

거리에는 수많은
사람들이 오고 가고
수많은 인연들이
정을 만들며 살아간다

가을이 깊어가면 갈수록

사랑하고픈 마음에

그리움이 소용돌이친다

차 한 잔

살아 있는 것이
면목 없이 죄스러워지고
까닭 모를 향수병이 생긴다

외로움을 타면
더 이상 머무를 수 없어
길손이 되어 잠시 잠깐
훌쩍 어디론가 여행을 떠난다

따뜻한 차 한 잔에
자잘하게 피어나는
그리움을 풀어놓아
마음을 담아 마셔본다

무슨 바람이 부는지
한 잔의 차에
그리움과 설렘이 가득하다

비가 억수같이 쏟아져 내리는데

비가 억수같이 쏟아져 내리는데
모든 것들이 제자리에서
잘 견디고 지키며 버티고 있다

담쟁이넝쿨은 모든 손으로
벽을 꼭 잡고 안간힘을 쓰며
떨어질 줄 모른다

나무들도 세찬 비바람에
마구 흔들려도 다들 제자리에 서 있다

풀잎들도 용기를 멈추지 않고
언제나 있던 자리에 버티며 지키고 있다

이것이 삶의 존재의 비밀이다

모든 것들이 제자리를 알고
버티고 지킬 줄 아는 것이다

아침

어둠을 깨고 붉은 태양이
힘차게 동트는 아침은
빛과 열기가 가득한
생명이 살아나는 시간이다

어둠이 떠난 빛의 시간이며
절망이 저 건너편으로 사라지고
희망이 가까이 싹트고 자라나
가슴에 풍성한 시간이다

아침은 행동하는 시간이다
일을 시작하고
꿈과 희망을 펼쳐나가기에
아주 기분 좋고 상쾌한 시간이다

아침은 심장이 박동하며
피가 돌고 생기가 가득한
아주 행복한 시간이다

쓸쓸한 기억

나 혼자 맥쩍게 고독을 풀어
고통이 거쳐 간 지난 시간 더듬으며
허전하기 짝이 없게 변죽만 울리며
홀로 쓸쓸하게 기억으로 남기고 싶지 않다

너와 하나 되었던 즐겁고 아름다운 날들을
가슴에 부합한 그리움을 담아
손에 손을 잡듯
가슴에 수놓아 가며
그리움으로 가득하게 추억하고 싶다

예술

이 지상의 모든 예술은
작가의 고독하고 외롭고
힘겨운 삶과 꿈과 생각의
손끝에서 이루어진다

어떤 생각을 하고
손끝을 어떻게 움직이며
선과 선 사이를
어떻게 만드느냐에 따라 작품이 달라진다

심장이 멎은 뒤에도
작가들은 자신의 작품을
추억하고 싶을 것이다

잊지 못할 사람

세월 따라 수많은 사람과
우연히 만나고 헤어지며
인연과 필연을 만들어가며 살지만
간혹 영영 잊지 못할 추억을
내 가슴에 아주 진하게 남겨놓는 사람이 있다

늘 아무런 거리감도 없고
서먹함도 없는 친근한 가까움 속에
늘 뛰어들어 갈 수 있는
넓고 넉넉하고 푸근한 마음을 가진 사람이다

생각하면 할수록 고맙고 감사한 사람
힘들고 괴로울 때
손잡아 일으켜주고
가슴 아파 괴로울 때
어깨 두드려주고 위로해준다

언제나 순수하게 기꺼이 한결같은 마음으로

이해해주고 함께해주어

늘 보고 싶게 만들고

볼 팬 그리움이 가득해 손을 만지작거린다

이 세상에는 참 고맙고 감사한 사람들

잊지 못할 사람들이 곳곳에 있어서

몇몇 안 되는 그들 때문에 살아감에 힘이 되고

용기가 나고 삶이 참 괜찮아지고

문득문득 그리워지고

다시 만나고 싶어지고 살맛이 난다

혼자만 느끼는 고독

밤이 검은 어둠을
속속들이 두껍게 칠해놓은
쓸쓸함이 깊고 깊은 밤

구석진 응달에 쭈그리고 앉아
초췌하게 팍 쪼그라들어 시달리다
눈물 없이 깡 메마른 외로움에
혼자만 느끼는 고독

퉁맞은 자욱한 슬픔에
목마른 그리움에 절망이 가득하고
진저리 치도록 심장을 훑어내는
어둠의 손길이 가까이 있는 듯
온몸이 저리도록 비참하다

속 후비듯 복받치는 설움에
막다른 고독이 바닥을 보일 때까지
멍들어 아려오는 가슴

행복마저 쪼그라들고

쓸쓸하고 허무하다

살아 있다는 것은

생명이 살아 있다는 것은
모든 것을 가능하게 하는
참으로 심금을 울리는 놀라운 일이다

정곡을 찌르는 존재의 기쁨을 누리며
자기가 원하는 것을 추구하며
가슴 벅찬 사랑을 할 수 있다

진이 빠지고 서로 엇갈려 억장이 무너지고
허방 치며 뼈저린 절망과 고뇌를 아파하면서도
꿈과 희망을 열정으로 채찍질하며
잦은걸음으로 앞으로 나가며 살 수 있다

살아 있다는 것은 딴죽을 걸어
곪아 터지고 어깃장 놓고 황그리다
속 뒤집히는 일이 있더라도
실마리를 풀어가며 사는 재미를 느끼면
직성이 풀려 짜릿한 전율을 느낀다

살아 있다는 것은 심상치 않은

기적적인 일이며 알토란 같기에

모든 것을 감사할 수 있는

마음을 갖게 하는 아주 놀라운 일이다

가을 들판 허수아비

가을 들판에 서 있는 허수아비는
피도 눈물도 없는 아비란다

삶이란 허공을 맴돌다 사라지는
허수아비가 아닐까
어기적거리고 미적거리다
놓쳐버리는 것은 아닐까

속절없이 늘 종종걸음
쥘 듯 잡을 듯 걸으며
눈알 핑핑 돌도록 허둥지둥 살아가다
역성들고 들러리만 서는 것은 아닐까

허수아비는 얼마나 마음이 급하면
윗옷만 입고 달려 나와 얼빠진 얼굴로
밤 그늘 오기 전 들판을
나무처럼 당당히 지키고 서 있을까

마음의 벽

무슨 곡절인지
무슨 영문인지
쫀쫀하게 마음의 벽
앙금을 허물지 못했다

참고 견딜 수 없어
작심하고 애물단지 감쪽같이
실마리 훌훌 털어버렸다

문을 만들어놓으니
오가는 마음이 시큰하게
이토록 편할 줄 몰랐다

나이가 들어가니

나이가 들어가니
지난날의 모든 것이 후회스럽고
아쉬움과 안타까움 속에
그리움으로 남는다

이제는 모든 것을 용서할 수 있고
모든 것을 이해하고 배려하고
감싸줄 수 있는 마음과 용기가 있다

좀 더 가까이해주어야 했고
좀 더 기다려주고
좀 더 힘이 되어줄 것을
나이가 들어 지나고 나니
흐지부지 안쓰러움만 남는다

나이가 들어 지나고 나니
조바심하다가 깨닫게 되고
가슴으로 알게 되는

참 아쉬운 순간들이 많았다

지나온 시절은 지금의 나를 만들어준
조촐하고 참 좋은 시절들
모든 삶이 행복한 순간이었다

나이가 들고 지나고 보니
삶이란 너무나 빠르게
지나가는 한순간이다

바위

거세고 세찬 비바람이 몰아쳐 후려치고
폭삭 적셔놓아도 아무런 일이 없다는 듯
거대한 바위는 끄떡없이 잘 견디고 있다

어두운 한밤중에 낯선 짐승들이
새벽이 오도록 울부짖다 사라져도
바위 틈새에 파고들어 풀잎과 나무가 자라도
아무런 말 없이 제자리를 지키고 있다

바위는 뚝심인가 인내심인가
신비할 정도로 용기 있는 모습으로
당당하게 견디고 있다

바위는 한밤중에 산속에서
일어난 일들을 보고 알면서도
두려워하지 않고 아무런 말을 하지 않는다

해변의 바위들도 거센 파도가 휘몰아쳐 와

매를 맞아도 끄떡없이 잘 버티며
거센 파도와 부딪쳐야 더 단단해질 수 있다

바위는 간밤에 바다에서 천지가 진동하듯
일어난 일을 보고 뻔히 알면서도
심장도 박동하지 않고 굳은 심지로
모른 척 시침을 딱 떼고 있다

바위는 아무런 일도 없다는 듯이
항상 깔끔하고 단단한 모습으로
제자리를 굳건히 당당하게 지키고 있다

진심

진심이 살아 있을 때
착하고 순한 마음에
가까움을 더욱 느낀다

언제 어디서나
솔직하고 진솔한
변함없이 단순한 마음이다

볼품없는 초라한 말에도
귀를 기울여 들어주고
늘 호감을 보이고 박수를 쳐준다

아무런 꾸밈도 거짓도 없이
통쾌하게 만들고
감정을 뭉클하게 하는
순수한 마음이다

착한 가슴 진심을

아무도 눈치 못 챌 줄 알아도

모두 벌써 알고 있다

세상은 진심 속에

가난한 가슴이 모여야

모든 일이 잘된다

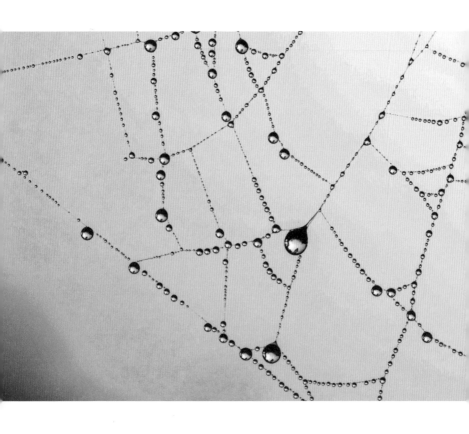

우리 언제 만나 커피 한잔 합시다

햇살 아주 좋은 날
우리 언제 만나 커피 한잔 합시다

한적한 노천카페에서
시간의 흐름도 잠시 멈추고
커피를 마셔봅시다

서로 친숙해지는 이야기들 속에
낯선 세상에서 흉허물 없이
서로의 마음을 나눌 수 있는
시간을 만들어봅시다

어느 시간이든 좋습니다
아침은 아침대로
생기가 힘차게 돌아 좋고
정오는 정오대로
태양이 타오르는 열정이 좋고
저녁은 저녁대로

하루 일을 마친 여유로움이 좋습니다

삶에 때가 끼고 지치고 힘들 때
커피 한잔 서로 나누며
살아온 이야기도 좋고
살아갈 이야기를 나누어도 좋습니다

서로의 가슴을 열고
정담을 나누다 보면
사는 맛이 이렇구나 하는 것을
느낄 수 있을 것입니다

우리 언제 만나 한가롭게
향 좋은 커피나 한잔합시다

고독을 읽고 싶은 날 1

생때같은 고독을 참고 견디다 못해
두꺼운 껍질을 홀랑 홀딱 벗겨놓으면
아니나 다를까 외톨 진 쓸쓸한 고독의 잔에
을씨년스럽게 청승 떠는 외로움만 찰랑거린다

인연은 멀고 홀로 갇혀 외로운데
하염없이 가물대는 그리움이 산통을 깬 듯
물기 하나 없이 바싹 말라 메마르다

밑바닥 드러내 쩍쩍 갈라질 대로 갈라진
날카로운 고독이 심장을 시도 때도 없이
외로움을 마구 흔들고 쏘아대 고통스럽다

도무지 주체할 수 없는 거친 흔들림에
쇠약하고 낡고 우울해 밸 꼬이고
호락호락 넘어가 미어지게 서럽고 가련한데
외마디 지르던 고독이 고함지르며 터져 나온다

오랫동안 둥지 튼 매서운 고독은 좀처럼 떠나지 않고
하루가 멀다 하고 떼쓰며 다가오고
내 마음 모퉁이에 기구하게 외롭게 지어진
그리움의 빈집 하나 쓰러질 듯 허무하게 자리 잡았다

하나도 가릴 것 없이 억지로 코 꿰인
고독의 쓰라리고 아픈 겉껍질 속껍질까지
영락없이 홀딱 벗겨놓아야 속이 한결 편해진다
고독을 읽고 싶은 날 지금 이 순간이 참 좋다

고독을 읽고 싶은 날 2

고독한 날 막막하고 아릿한 그리움이 얽혀
무겁게 눌려 분통이 터지는데
아련하고 연연한 몸짓이 기억을 되살린다

뒤죽박죽 난장판이 된 마음에
오독오독 외로움을 연거푸 씹다가
객혈하듯 신열을 몹시 앓고 앓아
속짐작으로 울먹울먹 설운 눈물만 자꾸 터진다

바람 한 점 불지 않아도
깡마른 마음이 부질없이 흔들리고
어지간히 지친 듯 쓸쓸하게 나부낀다

아슬아슬하게 쓰러질 듯 외줄 타듯
속다짐으로 사무치는 그리움에 쏟아지는
절절한 울음을 손사래 치며
애써 외면하고 멀어져 가고 싶지만
시련의 뭉치는 어찌할 수가 없다

뿌연 먼지 낀 흐릿한 옛 기억이
마음 답답하게 괴롭히고 흔들어놓아
심장이 쪼들리도록 조여들어 온다

눈먼 세상 아무리 달래도 달래지지 않는
깡마른 고독이 외로움을 비틀어놓아
눈물이 펑펑 쏟아지면 터지는 울분 속에
고달프게 홀로 남은 것이 왠지 쓸쓸해
절단된 그리움을 대충 이어놓는다

고독을 읽고 싶은 날 3

꽁꽁 묶어놓았던 고독의 끈을
하나하나 풀어내어 고독을 읽고 싶던 날
고독의 울타리 안에 마음을 툭툭
잘라 넣고 다시 쓸쓸해지기 시작한다

고독이 날카롭게 심장을 찔러올 때
마음의 문마저 꽉 잠겨
마구 소리를 질러도 들어줄 사람 없어
힘들고 지쳐 온몸에 힘이 쏙 빠져나갔다

헐끔한 눈빛으로 방황하다가 몽그라진 마음
무지무지 쓸쓸하게 궁지로 몰아넣어 고스란히
야윈 골치가 이마를 딱딱 때려 아파서
아주 느리게 터덜터덜 걷는데 정말 외롭다

신세타령하다가 샛길로 새어
위망한 막다른 골목에서 서성거리다
삭막하고 차가운 길을 걸으면서도

아주 우연히 너를 만날지 모른다는
초조함이 도리어 기대감을 갖게 만든다

텅 빈 마음이 스산하고 허전하고 허무해
뉘우쳐도 보고 헛맹세도 해보지만
탄식만 자꾸 스며들어 온다

쓸쓸함이 이탈해 뼈저린 허탈함이
얼떨떨하게 온몸을 휘감아 도는 날은
철부지마냥 잃어버린 날들이 시름으로 고이고
무척 생각나 신음이 바람 소리처럼 들렸다

마음속을 빠져나가지 못하고
늪처럼 자꾸만 빠져드는 고독에 젖어들어
서러운 울음을 쏟고 말았다

시간

내 마음속을 재빠르게 흘러간 시간들이
자꾸자꾸 고여들어
고즈넉이 추억을 만지작거릴 때
흘러간 세월이 인생이 된다

쥘 수도 만질 수도 보관할 수도 없도록
감질나게 부랴부랴
걷잡을 수 없도록 떠나가 버린 시간들
생각을 추슬러 도망칠 여유가 없었다

경망스럽고 헛되게 어처구니없는
욕망이 끼어들어 꾀송거리고 닦달하며 살아도
늘 딴생각에 느낌이 차단되었다

앵돌아져 아무리 발악하고 기를 써도 넝쿨지듯
잘된 것 하나 없이 함정에 빠질 때
진력나게 형편없는 가슴이 철렁거렸다

고달프고 답답하게 넋 나간 생각 하며

시답잖게 바보짓으로 배시근하고

어쩡쩡하게 살아온 시간들 지울 수 없는

싱싱했던 아픔도 아득히 사라진다

바리작거리며 살아온 시간 생생하게 짧아지고

끝끝내 뭉텅뭉텅 가차 없이 사라질 텐데

삶의 모퉁이에서 깊은 애착이 살아난다

그렇게 살고 싶었습니다

늘 허둥대며 팔자 세게 살아도
어처구니없이 어슴푸레 체념하면서
뒤뚱거리며 살고 싶지 않았습니다

내가 꿈꾸던 대로
내가 원하던 대로
이루어가며 그렇게 살고 싶었습니다

째지게 가난해도 눈 질끈 감고 추스르며
두 손 야무지게 잡고 다짐하면서
뒤돌아보지 않고 정말 열심히 살았습니다

절망이 가득해 갈 길을 잘 몰라 얽매이고
세상의 온갖 매운맛 쓴맛 단맛
진통을 겪듯 다 느껴가며 살아도
늘 사람답게 그렇게 살고 싶었습니다

사는 게 괴로워 눈물 찔끔 쏟고

청승맞게 내 삶이 서글퍼 통곡하다가도
봄꽃 피듯 화끈하게 보란 듯이 피어나듯
화창하게 피어나며 살고 싶었습니다

옴쭉 못 하게 몸서리치도록 힘들고 고단하여도
졸음이 쏟아지고 어깨가 늘어져도
자식들과 아내와 행복하게 살고파서
고름 흐르던 시련에 굳은살 배겨가며
오직 가족의 행복만을 위하여 한마음으로
떳떳하게 그렇게 살고 싶었습니다

삶은 외롭고 아쉬운 것이다

삶은 그리움이 목까지 차오르도록
무지하게 외롭고 아쉬운 것이다

나 혼자 힘든 줄 알지만
모든 사람이 부질없이 쓸쓸하게
그렇게 살아가는 것이다

무뚝뚝한 표정으로 괴롭게
온몸이 만신창이 되도록 시달리면
마음이 복잡해 열통이 터지도록
왈칵 눈물 쏟아질 만큼 고통이 찾아온다

아무리 좋은 것도 매어놓지 못하고
붙잡아 두지 못하고 어정쩡 망설이면
볼멘소리로 불러도 매정하게 떠나버려
별수 없이 매가리가 빠지고 만다

부리나케 떠나 다시는 오지 못할 것이니

곁에 있는 것들을 사랑하며
끝내 놓쳐 영영 멀어지면 안 된다

비굴한 고독으로 외로운 날
밤하늘에 초승달 하나
끔찍하게 차가운 눈빛으로
홀로 쌀쌀맞게 떠 있어
금방 훌쩍거리며 눈물이 터질 것 같다

버둥거리며 악착같이 살았어도
어처구니없이 못다 이룬 한처럼
너는 바로 내가 살아갈 이유다

2부
—
지나온 시간의 길

비 내리는 암스테르담

비가 내리는
네덜란드 암스테르담에서
우산을 들고 거리를 나선다

바다보다 낮은 땅의 나라에서
시청사를 보고
왕궁을 보고
중앙역을 보고
오고 가는 사람들을 보며
암스테르담을 마음에 담는다

도시의 운하를 배를 타고 돌며
오래된 건물들을 보며
도시의 풍광을 느낀다

단 한 번 찾아온 거리에서
식사를 하며 여행을 하며
처음 만난 사람들이

아주 오래된 우정을

나눈 친한 사람들처럼

웃으며 정겹게 이야기를 나눈다

모두 다 만나고 떠나는 사람들

함께 있는 시간 동안만큼은

가까운 사이처럼

추억을 만들어갈 이야기를 나눈다

벨기에 브뤼셀 오줌싸개 인형

브뤼셀에서 만나는 벨기에 사람들은
마치 동화나 소설 속에 등장하는
인물처럼 얼굴 속에
수많은 이야기들이 숨어 있다

브뤼셀의 이야기의 주인공인
오줌싸개 인형을 만났다
시원하게 오줌을 싸며
사람들에게 이야기를 만들어주고 있다

안 보이던 것들을
보여주는 것이 여행이다
새로운 것을
새로운 풍경으로 만나는 것이
진정한 여행이다

오줌싸개 인형을 보며
새로운 이야기의 세계가 열렸다

마음이 풍성해지고

모든 것이 사랑스러워졌다

케냐에서 한 잔의 커피

검은색 짙은 커피를
아프리카 여행 중 케냐에서 마신다

케냐에서 마시는 커피는
아프리카인들이 겪는
삶의 고통처럼 쓰고 또 쓰다

아프리카 초원을 돌아보는
사파리 투어에서 만나는
갖가지 짐승들의 모습을
마음에 간직하고 담는다

마사이족 원주민의 한 맺힌 삶을
마음 한가운데 담는다

아프리카에서 마시는 커피의 색깔은
왜 더 검게 느껴지는 것일까
왠지 가슴이 쓰리고 커피 맛이 참 쓰다

원주민 마사이족의

인간적으로 웃는 모습에

애정이 가득 생긴다

사파리 여행

아프리카 초원이 궁금해
자동차를 타고 달리며
즐거운 상상을 하며 사파리 여행을 한다

차가 속도를 낼 때마다
엉덩방아를 찧으며 온몸이 흔들린다

초원에 사는 동물들을
만나고 싶고 보고 싶어 먼 곳까지 찾아와
온몸이 호기심으로 가득하다

초원을 파고들어 눈가에 찾아들어 만나는
초원의 주인들인 많은 동물들은
아름답고 신비롭다

초원에서 펄펄 뛰며 돌아다니는
코끼리, 원숭이, 기린, 사자, 자칼, 치타
이름도 모르는 수많은 동물들을 만났다

동물들의 움직임을 보면 볼수록

때로는 두려움에 머리끝과 등골이 오싹하고

때로는 귀엽고 앙증스러워 탄성을 지르고 싶은

초원의 아름다움에 감탄을 한다

대자연은 살아 있다

푸른 하늘 아래서

티 없이 맑고 푸른 하늘 아래서 쪼들리며
목에 핏대를 세우며 철딱서니 없이 고함지르고
덜미 잡힌 듯 왜 죄짓고 살아야 할까

잠시 머물다 떠나 자기도 모르게
허공을 잡은 듯 놓치고 진 빠져
한순간 연기처럼 사라지고 말 텐데

등골이 빠지게 힘들게 살면서 바닥을 드러내
왜 덤터기 쓰듯 헛되이 살아야 할까
말짱 도루묵 같아 닭똥 같은 눈물을 흘린다

학을 떼듯 된서리 맞은 왜소한 가슴 언저리
불안한 마음을 버려야
세상살이가 근사해지기 시작한다

토를 달고 게으르고 찬물 끼얹는 지루한 사람은
잠시 잠깐이라도 만나지 마라

우울한 얼굴을 바라보면
지치고 견디기 힘들어 부아가 난다

짬을 내어 생기발랄한 사람들을
소매 걷고 만나 대화하고 함께하라
행복은 스스로 만들어가는 것
무한한 가능성을 펼쳐나가며
맞장구치며 웃고 행복한 얼굴을 보면
피가 통하고 생기가 돌고 힘이 날 것이다

노년

저녁노을처럼 붉게 물들어 가는
황금빛 노년을 마음의 베일을 벗고
깨지락거리며 시간을 낭비하지 말고
깊이 빠져들어 더욱 힘차게 살자

사지가 멀쩡해도 깡마르게 늙어
핏빛 서러움으로 가득 차
난장처럼 안절부절 눈물이 핑 돌도록
신세를 늘어놓고 한탄하지 말자

나이가 들면 든 대로
지금 이 순간도 열정의 시동을 걸며
뜨거운 감정으로 멋지게 살며
얼빠지게 껄껄 웃도록
끝내주는 시간을 만들자

인생

싱겁고 따분한 생각에
이리 기웃 저리 기웃 하며 살다가
늘 편안하게 머물지 못하고
언뜻언뜻 스치다 떠난다

이 아찔하게 훌쩍 떠나는
이별의 고갯짓 속에 결국에는
떠돌이 삶의 연속이다

심심한 마음에 걸음걸이 뒤돌아보면
안쓰럽고 서툴러 늘 어질어질대며
떠나고 떠나며 피로에 지치고
원하던 것들은 잡힐 듯 잡히지 않고
가슴 아리게 아슬아슬 외줄을 탄다

먹먹한 허공에 꿈을 쌓고 헐기를 반복하며
살아옴 속에 슬픈 눈물을 알고
때론 죽기보다 힘들었다

주름이 얽힌 사연이 안쓰럽고 안타까워

몸부림치며 시린 생채기 매만지며

무작정 참고 기다림을 배우며 살아왔다

나이가 들어갈수록

나이가 들어갈수록
삶에 멀미가 나고 선택의 폭이 좁아진다

부딪쳐 살아온 날들이
이마에 깊은 주름살을 만들고
하고픈 말도 목에 걸려 하지 못한다

주름살을 거슬러 올라가면
지난 세월을 들여다볼 수 있는 면목이 없어
눈물 설레는 일이 잦아진다

피눈물로 씻겨온 세월
때로는 아차 하게
때로는 아슬하게
때로는 아찔하게 잘 견디어왔다

발길이 떨어지지 않아 정이 그립고
사람들이 곱절로 그리워

그리움이 기진해지면

만사를 제쳐놓고 달려가 만나보고 싶다

끈끈히 남아 있는

정마저 떨어지면

허리 질끈 동여매고 막 내리기 전에

어디론가 정처 없이 떠나고 싶다

어찌할까나

어찌할까나
어찌할까나
땅 꺼지게 속절없이 울먹거려도
세월은 흐지부지 흘러만 간다

사랑할 시간도 참으로 짧아
흔적도 없이 사위어
바쁘게 살아보아도
결국에는 헤어질 시간이 가차 없이 찾아올 텐데

어쩔 거냐
어찌할 거냐

막간을 이용해 아쉬우면 아쉬운 대로
저릿저릿 힘들면
별의별 짓 다 해가며 살아도 보고
시달리고 힘들수록 두루뭉술 살지 말자

그 무엇도 아끼지 않고 다 주고
아무런 후회 없이 사랑한다면
무슨 이유로 무슨 까닭으로 다닥치며
토라져 어정쩡하게 사랑하지 못하겠는가

이처럼 행복할 시간
이토록 행복할 시간
다시는 찾아오지 않을지도 모르는데
서로 어우러지며 사랑하며 살자

서러움

목이 타 울컥해 보기만 해도 간절한 마음에
굵은 눈물이 뚝뚝 떨어지고 애절한 갈구 속에
못 보아도 절실하게 깨져버린 마음에
눈물이 쏟아졌다

변죽 좋게 맞장구치며 사랑할 수 없어서
뒤숭숭한 마음이 균열되어
금이 쩍쩍 갈라져 흉터만 남아
생동생동하게 심장을 조였다

잡동사니로 채우고 채워보아도
부족하고 억눌려 둘러치나 메치나
시답잖게 못다 풀린 응어리가 뭉쳤다

악몽에서 깨어나 아픈 마음 살뜰히 접어두려고
이 궁리 저 궁리 아무리 몸부림쳐도
쫀쫀하게 멍울을 풀어낼 재간도 없고
산통 깨져 배알이 꼬이는데 몸부림치며 전율한다

용서

아무래도 요즘 들어
이 세상이 무슨 큰 잘못을
저지른 모양이다

밤새 억수 같은 비가 쏟아지며
수없이 매질을 하고
하늘이 찢어질 듯
천둥과 번개가 치며
온 세상을 향하여 호통을 쳤다

아침이 밝아오자
이 세상이 용서를 받았는지
하늘이 푸르고 말짱하고
온 세상에 생기가 돈다

새 한 마리 하늘을 마음껏 날고
태양이 밝게 빛나고 있다
사람들은 벌써 어젯밤을 잊고 있었다

기죽고 살지 말자

헛다리 짚은 고달픈 인생살이라고
한 치 앞이 안 보인다고
매가리 하나 없이 기죽어 살지 말자

세상에 잘난 사람 많고 많아도
나 같은 사람은 딱 나 하나다

얼굴에 절망이 다닥다닥 붙고
서글프고 화딱지가 벌컥 나고
목소리에 가시가 돋아도
핏기 하나 없이 꺼벙하게 파김치 되지 마라

이곳저곳 빠끔거리며 살지 말고
당당하게 희망을 신념으로 삼고
가슴을 펴고 힘 있게 누비며
거칠 것 없이 살자

사람답게 알차게 알토란같이 산다면

이 세상에서 남부러울 것이 무엇인가

하고픈 일이 있다면 긴가민가
어슬렁거리며 서성거리지 말고
머뭇거리지 말고 기웃거리지 말고
올곧게 기를 펴고 하나씩 이루어가며 살자

망각

기억할 수 없다는 것
영영 잊힌다는 것
생각하지 못하고 지워진다는 것은
불행일까 행복일까

아니다 우리의 모든 것이
결국엔 무너져 내리듯이
남는 것 하나 없이 망각이 된다

살아 있는 날
기억하고 생각해내고
찾아내고 보이는 것일 뿐
한순간 아무런 기척 없이 잊힌다

떠나고 나면
우리의 모든 것이
한순간에 잊히는 것이다

살아 있는 날

눈물을 헹궈 웃음으로 만들며

당신을 기억하고

함께하는 사람들에게 감사하라

그들이 있어 삶이 행복하고

더욱 아름답게 느껴지는 것이다

가난했던 시절

꾀죄죄하고 숭숭 구멍 뚫린
변변하지 못해 구질구질한 살림살이
늘 허기지고 굶주린 배를 움켜잡고
가난의 시름 속에서 빠져나오려고
궁상떨듯 궁리하면 할수록
뚝 허방에 빠지고 떨어졌다

허구한 날 눈물과 한숨이 얼룩져
앞날이 장막에 가려 안 보일 때도
쏟아지는 한숨에 피맺힌 절규를 외치다가도
슬며시 가슴에 희망을 갖고 살았다

풀기 하나 없이 늘 지치고 힘들어도
서로 등 토닥이며 위로하고
먹을 것 부족해도 나누어 먹고 살며
작은 즐거움 속에서도 행복을 찾아냈다

칙칙하게 불편하게 살다가도

글썽이는 눈물 속에 슬픔과 아픔을
시원스레 너털웃음으로 풀어놓아
가난했던 시절의 웃음이 더 행복했다

가난 속에서도 한없는 사무침 속에
고난과 시련을 이겨내며
내일이 불어오도록
희망의 창문을 열어두었다

훌훌히 일어서서 좋은 날 한번 보자고
기분 좋게 함지박 같은 웃음 웃자고
아주 기분 좋게 웃으며 힘차게 살자고
두 손 불끈 쥐며 묵묵히 견디며 살았다

살다 보면 인생살이가

살다 보면 인생살이가
고통이 되고 눈물이 되기도 하지만
언제나 그 아픔이 오래가지 않아 좋아지고
회복되기를 바라는 마음이다

열심히 살다 보면
하루하루가 눈에 보이도록 달라져
웃음이 되고 기쁨이 되고 행복이 된다

이런 맛에 내일을 기대하며
오늘 눈물과 땀을 흘리며
열심히 살아가는 것이다

갑자기 고통이 찾아올 때
너무나 감당하기 힘들지만
과도한 기쁨도 도리어
해가 될 수 있다

늘 자족하는 마음으로
삶을 단순하게 잘 정돈하며
살아가고픈 심정이다

나의 기쁨이 타인의 기쁨이 될 수 있고
나의 만족이 다른 사람의 만족이 될 때
인생의 진한 맛을 느낄 수 있는 것이다

인생의 맛

몹시 춥고 생가슴 퍼렇게 시린 날
찬 바람이 부는 밤 어두운 거리에서
된서리 맞아 뒤집히고 부아가 치밀어
녹초가 된 텅 빈 마음을 위로해본다

포장마차 어묵 국물 안주 하며
소주 한잔에 감질나는 외로움 마시며
뚱딴짓소리 비아냥거리듯 내뱉으며
카! 소리 내보는 것도
바로 기막히게 좋은 인생의 맛이다

소리 죽이며 딴전 피우고 설레발치다 힘들고 지쳐
잡힐 듯 잡히지 않고 넌덜이 나
고달픈 설움에 구멍가게 탁자에 앉는다

숨을 조이듯 괴로운 가슴 저려도
김치 쪼가리 안주 삼아 생막걸리
한 잔 쭉 들이켜며 신세타령하는 것도

한편으론 쓸쓸하지만 그런대로 삶의 맛이다

거리를 걷다가 불쑥 외롭고 쓸쓸해져
위가 텅 빈 것 같아 허기가 진다
커피 자판기에 동전을 넣고
쓴 커피 한 잔 뽑아 마시며
막간을 이용해 고독을 실감해보고
살맛 나는 이야기로 사람답게 사는 것이
인생의 맛이다

지나고 나면 모든 게 잠깐이야

입술을 깨물어도 아픔 사라지지 않는
고통스럽던 순간도 휙휙
지나고 나면 모든 게 잠깐이야

젊은 날의 사랑과 시련과 아픔도
악착같이 견디며 슬픈 눈빛으로
긴 밤 지새우고 울부짖고
욕심 사납게 미치도록 손사래 치며
가슴이 아파 지그시 참고 견디던 것도
지나고 나면 모든 게 잠깐이야

꿈 하나씩 엮어가며 이루고 싶던 날도
즐겁고 아름다웠던 신혼의 시절도
신나고 멋있던 여행의 즐거움도
지나고 나면 모든 게 잠깐이야

영원히 빛날 것만 같고 소중하고
화려하고 찬란했던 날들도

지나고 나면 모든 게 잠깐이야

잠 못 이루고 뒤척이며
의문표 붙이며 살아가는 것도
세월이 지나가면 갈수록 셈을 놓던 것도
지나고 나면 모든 게 잠깐이야

눈 깜짝할 사이에 지나가 버린 듯
아쉽고 하염없이 그리워지는 것 같아도
지나고 나면 모든 게 잠깐이야

생각 1

생각이 제멋대로 여러 갈래로
마구 낯선 곳으로 흩어지면 모든 것이
균열로 산산조각 나 살 수 없다

아무 쓸데 없이 어눌하고 복잡하게 얽히고
거치적거리는 잡생각으로 살면
굴침스러워 괴로움이 뭉치고 사람 잡는다

틀에 꽉 틀어박혀 꼼짝달싹 못 하게 고정되어
변화를 모르는 한정된 생각은
정말 어찌할 수 없도록 낭패당해 내쫓겨
꼴통이 된다

거칠고 깐깐하고 힘들어도
잘 견디며 알아보고 지나고 보면
모두 견딜 수 있는 고만고만한 아픔이다

뚱딴지같은 마음이 우왕좌왕 설쳐대는

수많은 생각 속에서도

마음이 잡히고 생각이 잡혀야

질서가 생기고 제자리를 찾아간다

희망이 펄펄 살아서 터질 듯이 꿈틀거릴 때

좋은 생각 착한 생각으로

옹골차게 살아야 맘이 편해진다

생각 2

내 생각만 언제나 한결같이 바르고
찰떡같이 옳다고 말하는 것은
아무것도 알지 못하는 무지의 소치다

낡아가고 퇴색해가는 마음속에서
때때로 내 생각과 내 주장이
허둥지둥거려 옳을 수 있고 틀릴 수도 있다

눈빛 하나 몸짓 하나로 외골수가 되지 말고
때로는 다른 사람의 생각이
더 합리적이고 옳을 수도 있는 법이다

무언가 도무지 알 수 없도록 헷갈리고
다른 사람 생각은 아랑곳하지 않고
내 생각과 내 주장만 옳다는
꽁꽁 묶인 외골수 생각의 골목에서
빨리 빠져나와야 한다

오랫동안 조각난 슬픔이 뚝뚝 부러지고
고독도 견디지 못해 허공에 절규하며
뼈만 앙상하게 남아 비틀거리다 푹 쓰러진다

견딜 수 없도록 무성히 자라나는 생각들
꿈마저 능선에 걸려 진보하고 발전하지 못하면
아무리 사설을 늘어놓고 변명해도 소용이 없다

내 생각의 올바른 길이 번갈아 가며
마음의 길이 활짝 열려야
세상의 모든 길이 함께 열린다

3부
—
새로운 풍경으로

북소리

아무 소리도 없이 잠자코 있던 북을 계속 두드리면 두드릴수록
숨죽이고 북 속에 갇혀 있던 소리가 강렬하게 살아나
열기를 뿜어낸다

북 속에는 수많은 소리가 담겨 있다가
두드리면 살아나 힘껏 외친다
북소리는 가슴을 울리고 심장을 쿵쿵 울리고
잠자던 심령이 일어나게 한다

북소리를 따라 내 가슴에 담긴 소리가
희로애락을 따라 소리를 내며
뻣뻣하고 단조롭던 일상에
신명 나는 분위기를 만들어놓는다
즐거우면 웃음이, 괴로우면 절망의 소리가,
기쁘면 찬사가 터져 나온다

북소리를 울리면 절망이 끊어지고 희망이 되살아난다
온 힘을 다하여 힘차게 북을 두드리면 두드릴수록

흥이 나고 재미나고 신나는 북소리가 살아난다

북소리는 사람들의 마음에 용기를 북돋아 주고
허전함도 옹졸함도 나약함도 사라지게 하고
마음을 개운하고 홀가분하게 해주고 힘을 내게 만든다

북소리는 사람들을 모이게 하고
마음을 굳건하게 만들어 하나가 되게 한다
텅 빈 마음의 공허가 기쁨으로 가득해지고
사그라지던 분위기가 살아나고 잠자던 소리가 깨어난다

앙다물었던 입술들이 탄성을 지르며
서로 다정한 눈빛이 되어 바라본다
북소리 장단에 한 걸음 한 걸음 움직이더니
춤사위가 살아나 다 같이 춤을 추게 한다

대금

대금 한 가락 불어젖히며
추임새로 고개를 흔들면
갈대청이 흔들릴 때마다
대나무 숲이 통째로 흔들린다

하늘에서 내려온 바람이
스산한 산조 가락이 되어 신들린 듯
온 세상 가득히
펄펄 신명 나게 살아난다

청아한 가락이 허공을 울리고
음색이 찢어질 듯 가슴에 파고들고
마음을 뒤척이며 흔들어대며
온 세상에 퍼져나간다

대금에서 생생하게 살아나는
한 많은 음색이
가슴에서 피울음으로 울어나는

살아 있는 청청한 소리로

절박한 한을 토해내면 허허로움 속에

미묘한 쓸쓸함과 허전함에 젖는다

해금

해금의 현을 켜면 고정된 명주실에서
손가락이 움직일 때마다
음률을 타며 가냘픈 선율이 춤을 춘다

처량하고 서글픈 가락에
천년의 한이 풀리고
천년의 고독이 풀리고
한순간에 설움의 정이 한꺼번에 울린다

애간장이 녹아내려 흘러내릴 정도로
애절하고 간절하게
현을 타고 흘러내리는 가락이
듣고 있는 사람들의 가슴을
서서히 조여들어 온다

귀청을 가늘게 찢을 듯이
가슴을 가늘게 쪼갤 듯이
파고드는 음색이 고음의 절정에서

휘몰아치며 한순간에
마음을 훔치고 끌어당긴다

해금의 살아 있는 음률에
온몸에 전율이 흘러내린다

장구

장구 가락을 휘젓듯 두들겨대면 댈수록
덩 덩 덩더꿍 소리가
살아나고 신명이 난다

장구 소리가 살아나면
사람들이 모여들고 표정들이 살아나고
웃음꽃이 피어난다

어깨춤이 절로 추어지고
발이 신바람을 타고 움직이며
춤사위가 절로 살아난다

장구 가락이 신명이 살아나면
모든 악기가 살아나고
세상 근심 시름을 다 제쳐 놓아두고
흥겨운 춤판이 벌어진다

맥 풀려 있던 사람들이 생동하며 일어나고

구겨진 마음이 펴지고
쭈그려 있던 몸이 일어나고
창백한 얼굴에 화색이 돌고 살아난다

연속적으로 쳐대는 난타에
마음의 벽이 무너져 하나가 된다
쾅쾅 닫혀 있던 마음의 자물쇠가 풀리고
모두가 하나가 되어
한마음으로 춤을 춘다

단소 2

고독이 가득 찬 대나무 통 속에서
한 맺힌 설움이 가락으로 터져 나온다

단소 소리를 듣고 있으면
눈가에 맑은 고독이 고인다

가을밤 소복을 입고
한 서린 마음에 흐득흐득 서글피 우는
연인의 곡소리인가 신음 소리인가

허무하면서도 처량한 듯 소리 몇 가닥이
허공의 한구석을 가르며
시름 가득한 마음을 당긴다

뭉텅이로 갖고 있던 한이
서글픈 이유를 먼지처럼 헛돌고
맥없이 한스런 이유를 알려줄 듯이
끊어질 듯 끊어질 듯 이어져 나간다

단소 소리를 듣고 있으면

뭉툭한 슬픔이 못 견디게 되살아나

고독이 부풀어 올라 외로움에 젖어든다

단소 소리와 함께 온몸으로 밀어 올리는

고독의 천장에 닿아

눈시울 젖게 하는 설움에 빠져든다

태평소

청청한 하늘 아래 태평소 소리가
하늘과 땅을 가르며 터져 나와 울려 퍼진다

허공이 찢어지듯 가슴이 갈라지듯
불어대는 태평소 가락에
근심 덩어리로 가득 찼던
주름 잡힌 마음이 풀어진다

태평소 소리에 공기가 뜨거워지고
가슴에 천둥이 친다

참을 수 없고 견딜 수 없고
도저히 기다리고만 있을 수 없는
어둡고 칙칙한 민중의 한을 풀어놓는다

앞이 캄캄해 무지막지하게
아무 생각 없이 갇혀 살며
허겁지겁 아등바등하며 살던 삶이 자유를 얻는다

욕망의 혓바닥을 늘어뜨리고
불쑥불쑥 숨차게 허물어지던
한과 원이 치솟는다

태평소 소리의 진동에 창살 속에 갇힌 마음이 터져 나온다
시름 속에 갇힌 마음이 한꺼번에 터져 나온다
태평소 울림에 어깨춤이 추어지고 흥이 돋는다

기백이 살아나고 기운이 살아나고 희망이 살아나
불안한 마음을 흥겹게 희망으로 바꾸어놓아
속 시원하게 서로의 마음을 내통하며 춤추어도 좋다

이 순간만큼은 태평소 가락에
마음껏 흥겨워도 좋다
마음껏 행복해도 좋다

거문고

슬기둥 하며 바지런히 술대가 움직이며
찍어내고 뜯어내며 살려내는
거문고 명주실 현의 소리가
단순한 듯 소박한 듯 하면서도
깊은 울림에 감탄스럽게 살아난다

가슴으로 한 발자국 한 발자국 다가오는
투박한 질감의 소리가
심쿵하게 만들어놓는다

음률 따라 걸으면
거문고 곡조의 흐름 속으로
빨려 들어가고 쓸려 들어간다

산조 곡조의 소용돌이가
진양에서 중모리 휘모리 자진모리로
휘어지고 굽이쳐 나갈 때마다
여유 부리듯 몰아치듯 곡조에 마음을 싣는다

거문고 곡조에 담긴 사연이
마음을 녹이고 삶을 녹이고
애간장을 녹인다

가슴에 선명하게 찍힌 고독을
선율이 따라가며
그리움이 펼쳐져 나간다

심부름

어린 시절 아버지가 쉬는 날 저녁이면
어머니께서 커다란 주전자를 주시며
양조장에 가서 막걸리를 사가지고 오라고
심부름을 시키셨다

먼 양조장에서 막걸리를
사가지고 돌아오다 보면
왠지 따분하고 심심해
주전자 주둥이를 빨았다
목구멍으로 넘어가는 새콤하고 단
막걸리 맛이 참 좋았다
한 모금 한 모금 빨다
집에 올 때쯤이면 다리가 자꾸 흔들리고
얼굴이 붉어져 화끈해졌다

아버지는 나를 보시고 빙그레 웃으셨다
"어서 들어가 자라!"
웃는 모습이 인자하신 아버지가 무척 보고 싶다

불운

삶이 비틀어지고 꼬이고
마가 끼면 살 수 없는 것
우물거리며 함부로 변명이나 핑계를 대며
한풀 꺾여 시들시들하게 안간힘을 쓰지 말라

평생을 살아도 부서진 희망
더 견고하게 세워지려면 절망 속이라도
잔뜩 심통이 나 팍 꼬인 마음부터
겸손하고 부드럽게 풀어라

멋쩍은 웃음을 웃더라도
된서리 맞은 불운을
행운으로 바꿀 수 있는
찹찹한 마음의 저력을 가져라
행운도 불러들여야 찾아온다

사나이가

사나이가 마음 한번 질끈 당기고
제대로 굳게 먹고 살아간다면
한 가족이 평생토록 가난하고
초라하고 못나게 살아갈 이유는 없다

어떤 직업을 가져도 끈질기게
최선을 다하여 살아가는 사람들은
큰 부자는 못 되어도 살 만큼
행복은 충분하게 만들며 누리고 산다

사나이가 야코죽어 주접 들지 않고
꿈을 갖고 열정을 쏟아가며 살고
싹쓸바람에 바람나 달아나지 않고
헛것을 쫓지 않고 딴짓 안 하고
아무런 허영 없이 살면
한평생 못 살 이유가 전혀 없다

사나이가 정신 못 차려 제 갈 길 못 가고

마음 잡지 못하고 간수 못 하여 골병들고

할 일 않고 한심하기 짝이 없을 때

가정과 가족은 헤뜨러져 무너질 수밖에 없다

머릿속에 가슴속에 깊이 새겨두고

사나이가 제대로 정신 차리고 살면

가족도 살고 나라도 살고 자신도 잘 살아가는

삶의 참다운 기본이 되는 것이다

소리 지르지 마!

소리 지르지 마! 다 알고 있어
아무 잘못한 것 없어
똑같이 해놓고 꼬투리 잡고
치사하게 트집 잡고 무슨 변명이냐

한배를 탔으면 끝까지 가야지
꼬드길 때는 언제고 별별 변덕 다 부리고
머릿속을 온갖 생각으로 굴리며
중간에 치사하게 굴면 뭐하냐

소리 지르지 마! 다 지켜보고 있어
아무 소리 하지 않는다고
바보 같다는 생각은 하지 말아
볼 것 보고 들을 것 듣고
빼도 박도 못하고 느낄 수 있다

내 마음을 마음대로 강탈하고
모멸과 경멸로 감정을 거세하고

영혼마저 깨져버려 처절하게 쓰러져
너무 슬퍼 눈물도 나지 않는다

시작했으면 똑바로 책임져야지
소심함과 비겁함으로 한 발을 빼고
비열하게 양심을 버리지 말고
시련이 왔다고 비굴해지지 마라

길을 안내하는 사람들

하나같이 떠나는 사람들
모두가 떠나는 사람들
길 안내 표지가 있는 길은
누구나 언제든지 갈 수 있는 길이다

아무도 가지 못했던 길을
개척해나가는 사람들은
의지와 신념이 남다른 사람들이다

외롭고 쓸쓸한 목숨이라
낯설고 처음 가는 길은
전혀 알 수 없는 곳이라
힘들고 더 멀게 느껴진다

길을 잃었을 때 들락날락
당혹스럽고 두려움이 가득하지만
길을 찾았을 때 더 희망적이다

지나온 시간의 길은 사라져
길에서 새로운 길을 찾아내고
길 아닌 곳에서 길을 만들어간다

길을 안내하는 사람들은
어느 시대든지 선구자 역할을 하며
옹골차고 꿋꿋하게 시대를 뛰어넘는
위대하고 자신감 넘치는 탐험가이다

무질서

모든 일은 가장 적당한 곳에서
알차게 끝내야 썩 괜찮다

어떻게 되겠지 중구난방으로 아릿거리다
약삭빠르게 요행과 바람만 잔뜩 들어
욕심내고 서툴게 조금만 조금만 더
진구렁에 빠진다

뚱딴지같이 무슨 바람이 불었는지
오싹한 올무에 깊이 빠져들어
얄궂은 파열음을 내며 탈을 만들고 만다

자충수를 잘못 두어 뒤엉키고
뒤죽박죽 엉망진창이 되어버리고
전전긍긍하며 어쩔 수 없는 우스꽝스럽고
꼴 보기 싫고 사나운 꼴이 되어
아무 곳으로도 도망칠 수 없다

반항

틀에 박혀 살기 싫고
참견과 간섭에 얽매이기 싫고
고정되어 있기 싫고
귀찮은 잔소리가 듣기 싫고
찌증이 나서 몸부림을 친다

성숙되지 않은 미숙한
마음에서 어리석음을 몰랐다

자기만의 자유를 누리고 싶다고
기존의 형식을 부숴버리고
새로운 변화를 위해 몸부림쳤다

막상 지나고 나면 별것도 아닌데
그때 그 당시에는
왜 그렇게 싫었던지
생각하면 왠지 허탈해서
웃음이 절로 나온다

내 자식이 미울 때

내가 어릴 때 자라던 시절
실수하고 잘못한 일을
자식이 반복해서 하면
속이 터지고 열불이 나고 화가 난다

내 자식만은 반듯하게
잘 살아야 하는데
왜 저럴까 그래서는 안 되는데
부모의 마음이 아프다

자식이 잘되기를 바라는 것이
부모의 한결같은 마음인데
자식은 아는 듯 모르는 듯
못된 부분을 빼닮아 갈 때
가슴 치고 한탄할 정도로 미워진다

하지만 어쩔 것인가
내 피가 흐르는 내 자식이

나를 닮는 것은 당연한 것이니

사랑하는 마음으로 감수하며

이해하는 마음으로 감싸주며 살다 보면

자식도 나에게도 좋은 날이 올 것이다

방황

나는 일상에 쫓겨나 늘 떠돌았다
숨겨진 상처를 씻으려고
변죽을 울리다 덜미를 잡히고
산통 깨져 피멍이 들어 녹초가 되어도
아픈 가슴을 씻고 싶었다

부아가 나고 답답한 일이 많고
속 썩는 일이 생길 때마다
열심히 살아보지만
왜 나만 이런 일을 당하고 사는가
의구심을 가졌다

인생길 늘 오르막길 내리막길
신물 나게 오가며 떠도는 것이다
모두 다 산다는 것이 진력나게 쑥밭이 되어
가슴 저린 외로움 속에
애끊게 떠돌며 외롭게 산다

세월이 흘러가는 줄 알았더니

모든 것은 언제나 제자리에 남아 있고

나 혼자 영락없이 떠도는 것이다

갈등

머릿속이 끝장에 부딪혀 헷갈리는 고민 속에
갈라진 가슴팍이 벽과 벽 서로 부딪치고
엇갈리는 마음이 갈기갈기 찢기고
한눈팔다 궁지에 몰려 부딪힌다

갈래갈래 찢기고 박살 나고 조각난
마음의 파편들이 아우성치면
시답지 않은 푸념으로 시작부터 절망이다

찢길 대로 찢겨나가고
퉁맞아 구겨질 대로 구겨진 머릿속에서
어물어물 어정쩡 도망치는 생각을 끌어당겨
온갖 잡생각을 한다

사는 것이 터득이 안 되고 헷갈려
온갖 것을 구겨 넣어보고
울뚝불뚝한 마음을 바삭 태워도
자꾸자꾸 토막이 나고

된서리 맞은 듯 잘려 아무 소용 없다

혀라도 깨물고 귀싸대기라도 때려서
정신을 바짝 차릴 수 있다면
무의미한 갈등에서 벗어나
정겹고 훈훈한 마음으로 착하게 살고 싶다

남의 흉을 보고 싶을 때

사람들 앞에서 잘난 척하며
남의 흉을 보고 싶을 때
큰 상처를 입히지 않도록 말조심해야 한다

듣고 있는 사람 중에
그 사람과 아주 가까운 친분이 있는 사람이
혹 있을지도 모른다

남의 흉을 볼 때
사람들이 호응하고 맞장구치고 좋아한다고
잘한 일이라고 생각하지 말라

인생은 행한대로 돌아오는 법
지금 어디선가 다른 누가
당신을 당신처럼 아주 똑같이
없는 흉 있는 흉을 다 보며 좋아한다면
당신의 기분은 어떻겠는가
당신의 심정은 어떻겠는가

남을 흉을 보기 전에

관대한 용서를 하고

먼저 자신의 삶을

돌아보는 것이 더 중요하다

욕심

문턱 닳도록 뛰어다니며
내 것 내 몫이 아닌 것을 가슴 졸이며
곱살이 끼어 악착같은
시샘으로 탐하는 것은 욕심이다

덜떨어지고 볼품없는 샐쭉한 몸짓은
뒤숭숭하고 삐뚜름하게 된통 겪은
아주 못된 꼴사나운 모습이다

케케묵은 헛되고 못된 생각으로
방정 떨며 쓸데없이 한눈팔지 말고
더하지도 덜하지도 마라
둘러치나 메치나
쿡쿡 누르고 덕지덕지 채우는 것은
열통이 터진 불행과 부패의 시작이며
고통이 바싹바싹 느껴지는 함정의 종말이다

뭐가 그리 깐깐해서

진실을 아랑곳하지 않고

죽자 사자 물고 뜯고 암울하게 싸우며

비난하고 삿대질하며 요란스럽게 난리 칠까

그까짓 것 굶주린 생각에 헛욕심 부리고

게거품을 물어봐야 속 편할 날 없는데

슬픔을 알고 고통을 이겨내며

따뜻한 마음으로 정을 베풀고 나누며

거짓 없이 정직하고 단순하게 살아야

날마다 행복한 희망으로 새롭다

손

쥐었다
폈다
잡았다
놓았다
삶의 모든 것을 표현한다

쓰다듬다
가리키다
지적하다
흔들다
손짓하다
훔치다
삶의 모든 감정을 표현한다

손질하다
다듬다
때리다
흔들다

삶의 행동을 모두 다 표현한다

악수할 때 손을 살짝 내미는 사람은
신뢰하지 말라 기회주의자다
악수할 때 손바닥을 다 주는 사람은
친절하고 따뜻한 사람이다

4부
—
어둠은 떠나고

죄지은 사람

이 세상에 죄지은 사람이 따로 있나
모두 다 들통나면
살아남을 사람이 얼마나 될까

황혼 짙어가도록 살면서 헛짓하며
뻘짓 별짓 한번 하지 않고
살아온 사람이 몇이나 될까

저지른 못된 죄 들킨 사람만
손가락질과 욕설에 감옥에 가고
억울함을 호소해도 아무 소용이 없다

누구나 저지른 일이 많아도
감쪽같이 속이고 안 들키면
천만다행 팔자가 좋은 것이고
행운이라 운수대통이라 생각하며 산다

죄지어 들킨 사람

함부로 손가락질하며 욕하지 말라
너도 나도 어쩌면 똑같은 사람이 아니더냐

조용히 가슴 쓰다듬고
남은 인생 스스로 부끄러운 일 하지 말고
깨끗하게 정직하게 솔직하게 살아가자

살벌한 세상

각박한 세상과 정면으로 마주치던 시절
서툰 인생살이에 눈물이 질펀해도
그래도 그때는 인간미가 있어서 좋았다

철도 없고 가진 것도 없던 시절
너나 나나 똑같이 상처 난 마음
서로 토닥여주며 위로해주고 힘이 되어
맞장구치고 마음 착하게 정 나누며 살았다

눈물이 끝나면 웃음이 찾아올 걸
기대하며 쫓아가며 눈물과 땀 흘리며
끈끈한 이웃 정 가족의 정을 느끼며 살았다

가슴 찢어지게 아플 때에도
야무지게 독하게 마음 질끈 묶고
일어났을 때 도리어 살맛을 진하게 느꼈다

찌그러지고 어려웠던 시절 지나가고

먹고살 만해지니 두터운 정 사라지고
인정머리 없이 양심 하나 없이
자꾸만 독해지니 허허로운 마음 어떡하냐

네 것 내 것부터 구별하고 담과 벽을 쌓고
자기보다 좀 못한 사람들을 비겁하게
비웃고 헐뜯고 다닥뜨리기 시작하니
세상이 살벌하고 싸늘해서 목을 움츠린다

외면하는 시선

무관심 속에 외면하며 떠나는 시선들

무언가 부족하고 나약하고
초라하기만 할 때
사납고 날카롭고 차가운 시선들이
스쳐 지나가듯 노려보다가
나를 외면하고 떠났다

삶이 흩어지고 보잘것없이 초라하고
지탱할 힘이 없어 주저앉고 싶을 때
쏘아보는 눈빛조차
싸늘하게 조롱하며 비웃었다

눈빛조차 눈꺼풀이 내려앉고
풀 죽어 시들어갈 때
좌절하고 포기하고만 싶을 때
싸늘하고 독한 눈빛은
식어가는 심장을 뚫고 치명타를 입히며

별 볼 일 없이 쓰러지게 만들어놓는다

초라하고 부끄럽고
나약하고 비굴할 때
주변의 시선이 따갑고 무섭다

악플

자신의 허물은 감추고
타인의 허물엔 중뿔나게 나서
쫀쫀한 마음으로 잔뜩 눈독 들이다
표적이 되면 짓뭉개버린다

자신이 드러나지 않는다는 이유로
독설의 시퍼런 칼날로 식식거리며
남의 허물을 너무 잔인하게 들춰놓는다

스스로 병든 마음이 생트집을 잡아
타인의 가슴을 생피 터지도록 난도질하고
심장의 중앙을 마구 찔러
자기 마음대로 흔들어대는 것은
누구나 해서는 안 될 사라져야 할
가장 극악한 언어폭력이다

막말

내던진 말이라고 다 말은 아니다
사람이 사람에게 엉킨 마음으로
악하고 쓴 말로 상처를 입히는 것은
아주 못되고 나쁜 일이다

말은 함부로 해서는 안 된다

막말로 쏟아놓는 거품과 찌꺼기는
잘못된 생각과 편견과
인정머리 하나 없이
바싹 마른 성깔이 토해놓은 것이다

막말을 한다는 것은
자신의 얼굴에 침을 뱉고
스스로 벗을 수 없는 멍에를 지는 것
서툴고 잘못된 행동이 토해놓은
추악한 인간의 모습이다

참혹한 시간

열등감에 꼼짝 못 하게 꽁꽁 묶인 채
정신 빠져 뒷걸음치듯 주춤거리며
옹골차게 호기 한번 제대로 못 부리고
뒤웅스럽게 허겁지겁 비렁뱅이가 되어버렸다

슬픔을 토해내 서럽고 서러워도
혼쭐이 나 홍역을 치르듯 안간힘을 써보고
어찌할 수 없는 미로 속에서 안절부절못하고
억척을 부려도 허망한 것에 몰려다니며
혹시 몰라 부질없는 시간들을 살았다

부끄러운 양심에 삶의 매듭 하나 제대로
호락호락 풀어 헤치지 못하고 풀이 팍 죽어버려
어떤 방법도 없이 할 일도 없이 못 견딜 지경으로
찢긴 외로움 속에 살았다

야윈 가슴 여린 마음으로 살려니
되는 일도 없고 꿈도 없이 흐지부지 되어버린

참혹한 시간들 거칠고 슬프게 통곡하며
사납게 휘나부끼며 오장이 뒤집혀 살았다

처참한 꿈속에서 허공에 서 있듯
허수아비마냥 맹목적으로
시들하게 맥없이 사는 것이
울화통 터지게 싫었다

찌글찌글하게 애꿎은 세월은
무지막지하게 미련 없이
뭉텅뭉텅 마구 흘러가 버렸다

절망

희망이 멀리 떨어져 나가 나동그라지고
망상과 환영이 사로잡아 딴죽 걸다
공포로 가득해 공허하고 피곤해
구겨진 생각 속에 고통이 짓눌렀다

이마에 부딪치는 고통에 머리가 아파
얼굴을 찌푸리며 울음을 터뜨리고
주먹을 불끈 쥐어보았지만 쓸개 빠진 놈처럼
기구하게 망설이고 머뭇거리다가
두 눈이 금방 애잔하게 젖어버렸다

온몸으로 고통을 부인하며
피를 토하고 오장육부가 뒤집혀도
철부지로 혼쭐이 나고 무슨 일이 있어도
살아남고 싶다는 생각을 잃었다

코가 빠지고 좌절감에 내뱉는 소리가
자꾸 허공을 치며 조바심을 내고

용을 써도 격동이 몸을 훑고 지나가

풀이 팍 죽은 신세가 되었다

애써 외면하고 싶었지만 운이 없거나

팔자가 사나운 듯 닥친 일을 어찌할 수 없고

마음마저 물기 하나 없이

깡마르고 하염없이 세월만 흐르고

아무것도 풀리지 않았다

못생겼다는 생각이 들 때

자기 스스로 자신이 못생겼다는
생각이 들어 초라해 보일 때
거울을 한번 바라보며
씩 하고 밝은 표정으로 웃어보라

좀 못생기면 어떤가
키가 작으면 어떤가
좀 뚱뚱하면 어떤가
가난하고 초라하면 어떤가

어깨 한번 쫙 펴고 호흡을 가다듬고
자신 스스로 당당하게 살아가면
어디서나 꿀릴 것 하나 없는 것이다

인생 한 번 사는데
야무지게 살며 꿈 하나씩 이루어가면
세상에 초라할 것이 무엇이며
세상에 부족한 것이 무엇이겠는가

인생 한 번 사는데

스스로 멋진 삶을 만들어간다면

진정 아무런 후회 없이

기뻐하며 당당하게 살아갈 수 있다

참 어리석은 사람

지금 나이가 황혼이 짙어가는 그 사내는
평범하고 행복하게 살아가는 중소기업 사업가였다
늘 열심히 최선을 다하여 일하며 남부럽지 않게
소박하게 살아가는 행복한 가정의 가장이었다
그러나 어느 날 갑자기 눈먼 돈이 들어오기 시작했다
없는 사람에게는 상상하기 힘든 목돈이지만
부자에게는 그리 큰돈이 아니었다
사람은 갑자기 큰돈이 생기면 본색이 드러난다
자식들을 유학 보내고 고급 승용차와 아파트 평수를 늘렸다
여자들에게 선물 공세를 하며 바람기를 부렸고
양어깨와 목에 힘을 주며
모든 것을 다 가진 것처럼 으스대고
은근히 사람을 무시하며 자기과시를 아끼지 않았다
눈에 띄게 행동과 시선이 확 달라지기 시작했다
어느 날부터인가 눈먼 돈이 갑자기 눈을 뜨기 시작했다
영원할 것만 같았던 돈이 만든 행복에 강한 소유욕을 가졌지만
잿빛 먹구름이 되어 한순간에 몽땅 사라지고 말았다
사업이 어느 사이에 몰락하기 시작했지만

언젠가 기회가 다시 찾아올 것이라는

헛된 기대를 버리지 못했다

다시 한번 눈먼 돈이 찾아올까 아슬아슬하게 쓰러져 가는

사업을 확장하려고 집을 담보 잡고 애를 써보았지만

하루아침에 막다른 골목으로 몰려

신용불량 신세가 되고 온갖 시련이 빽빽하게 몰려들었다

천년만년 갈 것만 같았던 돈의 위세와 즐거움이

고통으로 돌변하며 쪽박 차는 신세가 되고 말았다

월세로 살며 그마저 쫓겨 나갈 때가 되자

허세 부리고 조롱했던 사람들을 찾아다니며

얼굴에 철판 깔고 구걸을 시작하며 삶의 길을 잃고 방황했다

사람들은 외면하고 하나둘 떠나기 시작했다

그 사내는 자신의 처지를 파악하지 못하고

자기의 현실을 받아들이지 못하고 차가운 어둠 속에서

삶을 헉헉거리며 헤엄치고 있는 듯 보였다

인격이니 체면이니 가소로운 생각을 하며 걱정할 것 없다고

하늘이 무서운 줄 아직도 모르고 있다

옷

옷은 입기에 편한 옷이 좋다

날마다 장례식에 가는 것도 아닌데
검은 옷만 입고 살지 말아야 한다

검고 어두운 색만 즐겨 입으면
왠지 마음이 우울해지고
주변도 덩달아 표정이 굳고 어둡다

화려한 티도 입어보고
파스텔 톤 색감이 있는 옷을
선택하는 것도 좋은 방법이다

가끔은 튀는 옷을 입어도
기분이 한결 좋아질 것이다

멋진 색깔 편안한 옷을 입으면
기분이 저절로 상쾌해지는 것을

스스로 느낄 수 있다

우리는 삶에 갖가지
다양한 아름다운 색깔을 초대하여
함께 조화되어 어울려 살아야 한다

절규

한순간 간담 서늘하게 무너져
속 새까맣게 태우다 고개를 저으며
모든 걸 내던져 버리고 볼멘소리 지르고 싶다

소스라치는 고통 속에 오금이 저려
참혹한 외마디 한 줄기 쏟아져 내리는
강한 몸부림을 간헐적으로 깨달았다

난장 치듯 조롱의 혀들이
허공에 주렁주렁 매달려 있고
수많은 손가락이 가리키며
부리나케 탐욕스런 눈빛으로 보고 있다

지난 일들이 교차하며 지나가는 수많은 고민과
갈망 속에 보다 못해 심장에서 항거하듯
고래고래 소리를 질러대는 것은 피맺힌 외침이다

어중이떠중이 조참조참 살다 숫한 헛꿈에

어깨가 움츠러들고 찢어져 버렸지만

가슴에 따뜻한 정 있는 사람답게 살고 싶었다

배신

갈 곳도 모르면서 도망치는 시선들
아닌 밤중에 홍두깨인가
비틀린 양심의 못된 꿍꿍이가 있었을까
등 돌리는 의구심이 상처를 입힌다

속아내지 못한 양심으로
철없고 낯가죽 두꺼운 사람들이 걸핏하면
함부로 던지는 눈빛이 차갑고
진정한 의도가 무엇인지 긴장이 된다

그늘진 얼굴마저 면상을 바꾸고
올곧은 마음 모른 척 시선이 돌아갈 때
팍하고 쪼개진 절망이 소용돌이치더니 일내버려
등골이 오싹하도록 흐름을 망쳐놓았다

한번 껴안지 못하고 갈라질 대로 갈라진
생생한 울분을 그만둘 수 없어
땅 꺼지게 가슴속 깊게 미어지는 고통을

영영 잊을 수가 없게 새겨놓고

두말할 것 없이 용케도 살아 꼭 기억해둘 것이다

월세방

쫓기며 살아가는 무지렁이가 되어
세상 밑바닥 떠돌이 인생살이가 힘들어
땅이 꺼질 듯 날마다 한숨 속에 살았다

빈 몸 하나 거쳐할 방 한 칸 제대로 없어
월세를 사는 것이 늘 가위눌린 듯 시달려
가슴속 눈물로 하염없이 서글펐다

한 달이 왜 그리도 빠르게 흘러가는지
월세 주고 돌아서자마자
또 한 달이 금방 돌아와 한참 동안
월세 걱정하며 찌든 때가 끼어 살았다

꿈과 현실이 엇갈린 한 많던 셋방살이
쥐꼬리만 한 생활비 줄이고 줄여보아도
조막만 한 꿈마저 어렴풋해지고
숨통마저 막혀 왠지 눈치 보며 살았다

이 넓은 세상에 가족이 살아야 할

내 집 한 칸 없이 허방 짚듯 살아

어깨마저 처지고 궁색이 박힌 자리마다

늘 허기가 지고 울먹거려보아도

눈물조차 마음을 지탱해주지 못했다

긴긴 세월 늘 가족이 그립고

한 끼 따뜻한 밥상이 몹시 그리웠다

폐지 줍는 노파

하루해 늘어져 지쳐가는 오후에
거리를 오가며 폐지를 줍는 노파
흘러가 버린 낡은 세월이
꼿꼿하던 허리마저 질끈 구부려놓았다

막연하고 막막한 하루하루 살아가며
자투리 목숨을 부지하기 위해
어린 아기 태우는 유모차에
폐지를 모아 주워 싣고 있는데
팔아보아야 돈 몇 푼이나 될까

살붙이 피붙이 하나 없고
챙겨주고 도와줄 사람도 없는
냉혹하고 싸늘한 세상에서
남들이 쓰다 버린 폐지를 모아 판다

짓뭉개져 차마 죽지 못해 사는데
바스러지는 긴 한숨에 허허로운 세상

하루해가 왜 그렇게 긴지
외톨 진 모진 목숨이 가슴 아프다

많이 줍지도 못하고 힘겹게
폐지를 싣고 밀고 가는데
노파의 시련의 거친 숨소리에
휑한 얼굴이 차가운 세파에 질린다

수척해진 허망한 눈빛에
뼈마디마저 피눈물에 젖어
피멍 든 하소연과 피곤이 절어 있다

죽음으로 가는 길

나에게 허락된 시간을 살다
죽음으로 가는 길

주소도 알 수 없고 우편번호
이메일도 전화번호도 알 수 없다

어쩔 수 없이 태어나 아무렇게나 뒹굴다
살고 죽고 끝없이 되풀이를 하고 있다

떠나간 사람 단 한 사람도
되돌아오는 사람 없고
연락도 없어 두려움으로
숨죽여 가는 길이다

거친 숨소리 거둘 때까지
희망과 절망 사이를
몸부림치며 발버둥 치며 힘에 부치게 살아간다

하늘과 땅 맞닿은 날 죄수처럼
속울음 울며 꺼억꺼억 몸서리치게 울며
꼿꼿하게 굳어 죽어간다

죽음이라는 작별

가냘픈 숨결도 끊어져 가고 정신이 까물거리는
형언할 수 없는 순간이 올지라도
사랑하는 이 눈시울 붉어지고
오열하며 통곡해도 아름답게 작별해야 한다

삶이란 세월을 넘겨주고 애달프게
더 이상 살 수 없을 때
갑자기 밀어닥친 운명에 떠나가야 하는
엄청난 순간이 오더라도 괜한 아쉬움과
미련을 갖기보다 겸허하게 맞아들여야 한다

진 땅 마른 땅 딛고 고달프게 살다가
사랑하는 이 두고 떠나는 애틋하고 절뚝거리던
이별이 못내 아쉽고 서운하지만
목숨을 애걸하는 비참한 일은 없어야 한다
죽음은 가장 고독한 떠남이지만
새로운 시작을 믿는 믿음을 가져야 한다

냉정한 죽음에 겁에 질려 깡마른 영혼이

독한 기운에 짓밟힌 아쉬운 삶

그러나 죽음이란 무거운 짐을 벗고 떠나는

안식의 시간이기에 가장 아름다운 이별이다

숨을 거두는 죽음이란

삶을 끝막음하는 시간

가장 사랑하는 분에게로 돌아가는

하늘 사랑이 시작되는 시간이기에

영혼을 간절하게 하나님께 부탁하며

간구하는 행복한 시간이 되어야 한다

홈리스

서울역 지하도에 이마의 주름살에
무산된 세월이 많이 흘러간 노인이
호흡조차 숨죽이고 초주검이 되어 쓰러져 있다

온몸에 균열이 나 구겨지고 쭈그러져 잠들었는데
죽기보다 싫은 삶 잠들기가 힘들었나 보다
빈 소주 두 병이 같이 쓰러져 있다

미어지는 목숨 부지하고 살기가
얼마나 힘들었으면
아릿거리는 삶을 힘겹게 이어갈까

가슴에 피맺히고 배 속도 곯아 텅 비었을 텐데
소주병을 통째로 들이마시고 잠들었을까
어떤 사연이 있는지 갑갑궁금하다

수많은 사람들이 오가고 있지만
나도 지금 지나가고 있지만

모두 지치고 어려운 걸음걸이
모른 척 지나치며 어찌할 수가 없다

한 사람도 아니고 파김치가 되어 버려지고
외면당해 줄지어 누워 있는 사람들
산다는 것이 이리도 기가 막히고
진이 빠지고 진절머리 나고 싫증 나도록
지독하게 외롭고 괴롭고 힘든 것일까

얍삽한 놈

지 마누라 죽을병에 걸렸다고
이곳저곳에 소문내고
주변 사람들에게 후원금을 걷고 구걸하던
얍삽한 놈

서로 보증 서주고 은행 카드
만들어 쓰자고 하더니
카드 같이 만들자마자 돈을 쓰고
갚지를 않는다

은행은 보증을 서준 나에게
독촉을 시작하는데
정말 세상 살면서 처음 당해보는
빚 독촉이 미치고 환장하게 만들었다

시도 때도 없이 전화 오고
있는 말 없는 말 다 해가며 협박하듯 독촉해서
있는 돈 없는 돈 다 털어 갚았다

만나서 얼굴 보고 고맙다는 말 한마디 없고
스리슬쩍 넘어가더니
죽을병 걸려 아프다던 마누라 떠나고 나니
새장가 든다고 청첩장을 보내왔다

세상 살다 보니 이런 얍삽한 놈도 만나며
살아간다는 삶의 이치를 깨달았다

싸움

온갖 말을 다 동원하여
마음의 샛길에서 터져 나온 말들을
손짓 발짓 해대며 욕설을 퍼붓고 야단법석이다

설레발치며 쌍심지 켜고 달려들면
몸서리치는 갈등 속에 박살 나고
통하지 못한 마음이 진통을 겪는다

분노가 가득하여 찌그러져 주름살을 만들며
말꼬리를 잡아 부딪치며 빈정대고
악착같이 거머리같이 달라붙어
서슬 돋친 눈빛이 무서워 어안이 벙벙하다

진이 다 빠져 오만상 찌푸리고
잘못된 생각이 충돌을 일으켜 뼛골이 부러지고
안달이 나 악머구리 끓듯 하며
차마 눈 뜨고 볼 수 없도록
마음에 쾅쾅 대못을 박는다

달

꽁꽁 얼어붙은 쌀쌀한 한겨울 캄캄한 밤중에
하늘에 얼굴이 해맑간 달이
창백하게 홀로 떠 있다

절망처럼 외로운 것이 있을까
죽음처럼 고독한 것이 있을까

춥고 쓸쓸한 날
추위에 지친 달마저 가슴앓이로 비추면
하얗게 질리고 함몰되어
힘 잃고 주저앉고 싶도록
점점 쪼그라들어 정말 외롭다

가난해 아득하고 서러웠던 시절
눅눅한 슬픔에 가슴이 뻥 뚫려
한 시린 눈물이 그렁그렁 흐르는 아픔에
갈기갈기 찢겨 나가
처절하게 고독했다

그 남자

얼굴에 고독이 켜켜이 덮여
풀 잔뜩 죽어 어깨 처진 모습
세상 등진 듯 한스런 눈동자에서
풀어헤친 외로움이 뚝뚝 떨어졌다

얼굴이 온통 벌겋게
마가 낀 진통 앓으며 코 빠져
까탈스러운 삶에 지치고 힘들어
아가리 벌린 술독에 폭삭 빠져 있다

사랑했던 아내가 말기 암으로
하늘나라로 훌쩍 여행 떠나
결별해도 단 하루 잊고 산 적 없더니
혼자 남아 기죽고 풀 꺾여 살맛 잃었다

병신

좀 못난 행동을 한다고
멀쩡한 사람을 "병신"이라고
함부로 내뱉지 마라

몸 아픈 사람을 보고
몸이 부자유스럽다고 "병신"이라고
함부로 말하지 마라

이 한마디의 말이
얼마나 가슴을 갈기갈기 찢어발기며
통탄할 상처를 주는 말이냐

너는 잘난 척 말하지만
듣는 사람은 몸서리치고
하늘이 무너진 듯 땅이 꺼진 듯
섬뜩한 절망 속에 통곡하고 싶을 정도로
비참하고 잔인한 말이다

고독을 읽고 싶은 날

—

초판 1쇄 2017년 5월 25일
지은이   용혜원
펴낸이   김영재
펴낸곳   책만드는집

—

주소   서울 마포구 양화로3길 99 4층 (04022)
전화   3142-1585·6
팩스   336-8908
전자우편   chaekjip@naver.com
출판등록   1994년 1월 13일 제10-927호
ⓒ 용혜원, 2017

—

—

ISBN   978-89-7944-615-9 (03810)

이 도서의 국립중앙도서관 출판사도서목록(CIP)은 e-CIP
홈페이지(http://seoji.nl.go.kr)에서 이용하실 수 있습니다.
(CIP제어번호 : CIP2017010273)